歌集

しぐれ月

牛山ゆう子

砂子屋書房

しぐれ月＊目次

I

あとがき

装本・倉本　修

歌集　しぐれ月

I

蔦もみぢ

やはらかく雨後に照りをり街路樹の根元の舗装されざるところ

ビル風に吹き上げられてビニールの傘の地上に戻るまでの間

誰が頬のなみだなりしか覚めぎはの夢に拭ひてゐたるその頬

なめらかに胸分け通る蓴菜の胃の腑にとどくまでの暗がり

待つ人の並びて歩む列にゐて視野にあふるる人の背ばかり

車窓より見る掘割の秋の景こころひととき水面ただよふ

風圧の刻む陽の皺切れ目なく継目なく水に水の押さるる

老いびとの語らひ行きし昼の路地ときをり柿のもみぢ散りつぐ

みづの面にあぎとふ鯉の群るるくち鴉のこゑの黒玉《こくぎよく》を呑む

野路菊の茎しなやかに撓め翔ぶ鳥も羽あるゆゑ苦しきか

造成し区画されたる街なりき棲みてむかしの風土記もおぼろ

山茶花梅雨けむる枯生の刈安も秋の野芥子もほそぼそと濡れ

戻るべき過ぎ行きならず足元に蔦のもみぢの散りてはなやぐ

いち日の旅より帰り来し路地にずむむぐむむと石蕗の花

柚子のハミング

武蔵野の空あをく晴れ長閑なり対流圏に雲を孵《かへ》して

張り替へむ障子を庭へ持ち出づる午前の淡き日差しの中へ

おもむろに障子をかかへ歩むとき矩形の影になりたりわれは

連想の触手ひそかに風に伸び湯に柚子の実の揺るるハミング

吹く風に犬も冬毛にかはるとき胴震ひして毛を撒き散らす

里曳き

束の間の恩寵に似て車窓より見ゆるかぎりに桃の花咲く

人の手のあまたなる手に綯はれたる縄の縒られて綱になりたり

ひと月の過ぎてふたたび御柱祭り里曳き空晴れわたる

知り人に遇はぬ淋しき安堵感われもわづかの距離を綱曳く

曳く綱の巨木樅の木目処梃子に乗る男らの声勇ましく

異国語の母国いづくと解せざりをみならはしやぎ語らひゐたり

誇らかに御幣持つ手を上げうたふ節みな揃ふ子どもの木遣

シュプレヒコール

鯉のぼり日本の空に泳ぐ春　ヴァチカンに人質解放のデモ

沈黙のシュプレヒコール身体は言葉になりてデモ歩き来る

古代ローマの彫刻展にて観しことあり貌の老いたる小さき天使

手を伸ぶる天使に険しき表情を刻みし人も苦しかりけむ

やや傾ぎふたたび戻るバスの窓雨のしづくが音なくつたふ

太陽光

ほぐれゆく雲に襞あり頬白のさへづる多摩のきさらぎの空

蠟梅のほのかに香る庭園に小枝子を詠みし牧水の歌碑

やや寒き風にかがよふ寿昌梅さやに樹下に福寿草咲く

その後の小枝子を知らず　近づかず満ちてしづけき距離を思へり

すだ椎のおほきひともとその貌を太陽光にぐんぐんと向け

幹ふとく地のエネルギー漲らせ椎の樹繁る根瘤をかかへ

街並を隔て流るる多摩川の春の彼方に新都心見ゆ

抽象のなかより拾ふ一具体歌碑に散りたる梅のはなびら

けやき木立

散らばれる毬みづみづし駅に着くまでに決めねばならぬことあり

早苗田のつづく平野を渡る風　新幹線の窓に見て過ぐ

みちのくは深きみどりに入る季節けやき木立の葉群きらめく

広瀬川に沿ふ街の景眺めつつ息子と語る青葉城蹟

ほぐれたる思ひおのづと声はづむ涼ここちよき木陰のベンチ

青葉通りを曲りて出づる広瀬通り梅雨の晴れ間の陽がビルに照る

海水の塩の香りのまろやかに咽喉《のみど》をとほる冷えた岩牡蠣

タイムカプセル埋めて忘れしやうな空ゆつくりと雲が沖の方へと

改札口を入りてふり向き手を振るに少し手を上げ子が立ちてをり

さびしさにあらず言葉に言ひ難き感情はふと頬に手を当つ

声太き川

みづの襞ゆるやかに陽を照りかへす坂東太郎声太き川

岸と岸つなぐ眩しき橋のうへ深呼吸ひとつして渡りたり

ぐらぐらと地震《なゐ》にゆられて眼を凝らす夜半の小暗き中空にゐて

願ひごと一つこころに保ち見る地上の夜景空に接する

利根川のみづのかなたにばうばうと膨れて沈むけふの日輪

今の連続

鏵入れる一枚硝子に夕あかり灯りてほうと犬が息吐く

好きならば然うしなさいと言ひし後かすかにかなし玉杓子持ち

焼きたてのクルミパン抱へ書店出づ　今《いま》の連続なり時間とは

踏まれたる木槿のもみぢ散り乱る西日にかはく泥のおもてに

老い人にきつくもの言ふこゑきこゆ窓開きゐる小春日の午後

あべこべのちぐはぐ感に歩み行く地上にばさりがさりともみぢ

ひとつばたごなんぢやもんぢやを見に来たり神宮外苑秋の曇天

慈雨に似て葉群にかげるゆふひかりおのがじしなる枝振りやさし

歳月に育まれたる妙なもの凝れる乳を公孫樹は垂るる

かさかさと音の生れつぐ木枯しの日日にさびしき片仮名ことば

笑まひ

ふつか月みかづきになり仄かなり大観覧車止まりゐる空

いつひらのはなのいちりんなる笑まひ日ごとに笑まひ殖えて花かげ

悲しみの内なる怒りの内ふかき笑まひふつふつ咲きつぎ無気味

寄り添ひて手にやはらかき耳を撫づ海辺を走りかへり来し犬

むつくりと起きあがりたる影の言ふおまへは影だ歌ふわたしの

水仙の葉に降るみぞれ　中越の被災地に降る雪寒からむ

らふそくの炎のひらく夜の暗さラ・トゥールの絵のをさなご祈る

消え残る雪に八手の落花せり　いめよりもゆめわづかに軽く

みづいろの布に染められざる文字を風吹き抜けるコンビニのまへ

雨の尾

木立吹く風のふところたわたわと騒だつ花の蜜吸ふ鳥は

携帯電話《ケータイ》にさくらを映し去り行けり又三郎のやうに素早く

憶ひみるのみにふたたび会ふことのあらぬ時間に蓮華がそよぐ

雨の尾のあまたなる尾の走りゆく大き生きもの春の多摩川

遠空に水流ひびくゆふぐれは空のふらここしづかに揺らす

県境越ゆ

抜け殻の蟬に貌あり髭に似る触角のあり顎には産毛

生まれなほ生まれて蟬の挙ぐるこゑしゆわしゆわよいしよ、県境越ゆ

胎内をくぐるごとくにトンネルを抜ければ夏の盆地広ごる

草たけき笛吹川をゆくみづのさざなみ須臾に陽を照りかへす

似て非なる偽八ヶ岳と呼ばるるを山は迷惑してゐるならむ

若かりし写真のひとに花供ふ黄菊白菊アリストロメリア

うつしみを脱ぎてこの世をまかりしと季節ひととせ巡りておもふ

ひところのするどく山に木魂せり鴉になりしかなかなのこゑ

数珠持たぬ手を組み唱和してゐたり寂しきほどに涙のいでず

許容し得るみづを袋に抱くごとしわからぬことはわからぬままに

トラックの荷台に盛られ走る土砂　車体傾ぐに少しく零る

科の木

幼子と母と草野の柵に寄り手を振りてをりはしる電車に

さざなみの照り翳りゆく千曲川　若き藤村ここに住みにき

草笛の録音聞こえあさがほの空色あはく咲きのこりをり

幹を巻く蔦をやをらに引きゆけり霧のなかより手のあらはれて

夜を発つ貨物列車か霧ふかき小諸を重く音とほざかる

ほそく降る雨に濡れをり秋の日の長野駅前　如是観世音

たたずみて暫らく読みぬ科《しな》の木の多に生ひにし信濃の由来

街路樹の桂の葉群さやぐ見え風は木末を抜けてかへらず

まぶた閉ぢ祈れば視ゆる距離のあり如来のまほら潜りし記憶

鶏頭の朱《あけ》別珍の艶を帯ぶ善光寺本堂近き苑生に

雨脚の照る石畳歩みつつククとくぐもり鳴く鳩のむれ

苔さんご

歳月の基軸いつとも知れざれど白梅の散るやよひ雛の日

古りにける女雛やさしも仄と笑みひそかになにか語らむとする

すがたなきこゑこもごもにつどひ来て空にあえかに花咲くけはひ

たそがれにつぎつぎ森へ帰り行くハシブトガラス黒づくめなり

木杓子に混ぜる散らしの寿司の飯あなごかんぺう雨音も混ぜ

この春に椿はじめて咲きしこと越えたる日日の形見のごとく

落花して耳目をひらく紅つばき過ぎゆく朝の雲を見てゐる

マチュピチュの謎をテレビに見たる夜のい寝ぎはに夏至の光をおもふ

何処にか呼び出し音の鳴りてをりすひかづら咲く街路樹の道

苔さんご緋のペンケース母の日にことば嬉しき手紙届きぬ

佳き日

小春日の陽射しあかるき佳き日なり夫在りし日の写真持ち来ぬ

木犀の花の咲く木を背景に若き夫の子を抱く写真

微笑みにほほゑみかへす時の間をこころに想ひ溢れてやまず

ビルの間の空を吹く風　息ふかく吸へばかすかに潮の香のする

尊びて慕ひ愛せと日本語と英語にて神父の祝したまひぬ

花嫁の投げたるブーケ受けとめて声はなやかにをみなご笑ふ

凡庸の母なるわれも気がつきぬ見守るといふ距離のあること

舗装路に溜まれる水にふと映る枯葉一枚舞ひよぎるかげ

みどりごの子を抱きたる日のやうに胸に花束抱きて歩む

陽のひかりあえかなる空まぼろしにあらずひととき淡雪の降る

水仙の花に触れつつ解くるゆき家族増えたる春をよろこぶ

葡萄月

たそがれの空の茜と気づきたりいぶかしかりし愁ひなりしが

師の歌集『バグダッド燃ゆ』読む夏の　雨降る信濃　風あをき多摩

「わが原初《はじめ》のうた」の混沌読みなづむ　時の幾重の彼方と此方

坂多き高速道路　須玉越えつばなあかるき甲斐に入り行く

なだらかな起伏の傾り葡萄熟れゆらりとおほき山際の月

照る月のひかりあまねし円やかにワインの酸味醸されてゐむ

マスカットすなはちアレキサンドリア掌に渡されて一房重し

地中海に臨むデルタの貿易港遥かなり古代都市と王の名

北上の岸に

ゆるやかに水うねりゆく北上の岸に葉ざくら柿若葉照る

さりげなく空気和ませられたみの歌のこころを語りたまへり

みちのくのパトリのちから噴き出でむ鬼剣舞の踊り勇まし

柳田と折口の機微聴く夜更けなかば翳れる月わたりゆく

幅広き夜の暗さよみづの波満ちて醒めをり北上川は

バスに乗り過ぎ行くところ二子芋ほのけく桐の花の咲きゐる

朴の木の空のこずゑに花しろし　ふと振り向くは風の賢治か

熊に注意と立札ありて声かはす樹雨にけむるイーハトーブに

川岸に立つ青鷺のしろきかげ瞬時に視えて青鷺をらず

鷺なるや　茂吉は鸛と言ひたりと岡野弘彦ほがらかに笑む

山の名をたづね目に追ふ稜線の奥羽山系、近きさとやま

早苗田をとほく野ずゑへ吹きわたる風に響きてやまびこ走る

嗚呼と呼びやあと応へる遇ひありき彼方へ時はみづを湛へて

往還の秋

甲府を過ぎサイドミラーに際やかにあかときの富士映るしばらく

行くと言ひ帰ると言ひてこの秋は笛吹川をむたび越えたり

母逝きてめぐる歳月　野菊咲きふるさとはいまも母ゐるところ

すこやかさ食にかよふをさびしまず草のもみぢも末枯れゆくとき

笑ひごゑ聴こゆるやうにからまつの黄葉きらめき午後の陽に降る

供ふるべき花持たず来て陽のぬくみ残る墓石にてのひらを置く

老い人のひとり住む家ダチュラ咲き夕映えのなかに米を研ぐ音

からまつに千手観音たちたまひ一日《ひと》ひそかに葉を散らしつぐ

ただいまと小学生の姉妹らし新築されし家の方より

年を経て会ふに風貌かはりゐて誰かにはかに思ひ出だせず

しぐれ降る山あひの村　こゑは身のことばはこゑの熱をともなふ

頰にこぼさず

冷えびえと外灯の灯を照りかへす道のゆくてのマンホールの蓋

蠟梅の花咲きゐたりひとけなき真昼の家に門灯ともる

風寒き雨後にひびきて胸痛し柩のふたを閉ざすその音

眼のなみだ頬にこぼさず見送らむ青井史ひと生《よ》を歌に生きたり

悲しみの凝れるごとし足元にしろき草履の添へられゐたる

吐息

ゆふやみに影の溶けゆく日暮れどきほうつほうつと青葉梟鳴く

早苗田のみづの夕日を掠めきてさびしも鳥に乳房のあらず

これの世に目見えたることあらざりき瞼を閉ざし通夜の経を聞く

手に重く持ちて飲まむとしたりしがからのうつはと気づきて目覚む

中空にビルとビルとを繋ぐ橋、傘をかかげて人の行き交ふ

生きゐるは誰も凄しと真言のやうに唱へて若葉のひかり

泥濘につづく足あと精霊の吐息のごとく雨水の光る

ポリバケツひとつ置かれてある路傍あまつぶ弾くみづは溢れて

ぽきぽきと細き苧殻を折りて焚く盆の迎へ火小糠雨降る

濡れぬよう両手にかばふゆふやみに透けて苧殻のほのほ小さし

一夏

かたち在るゆゑはかなけれ行合の空を雲ゆく　シャボン玉ゆく

回復を問へばするどき眼の光しばし動かず問ひかへさるる

白粥を口にはこびてふくむまでの一匙ののちにつづく一匙

起き上がりまづ歩くことリハビリの一歩をそつと声にうながす

父の棲む家に父ゐず陽射し濃き庭に木槿のはな溢れ咲く

ルリタテハ止まると見えて縁側のテーブルの上に洗濯ばさみ

湧く霧か花か遠目に見分けがたし　近づけばいちめんに蕎麦の花群

蟬しぐれしづけき森の美術館かの日に父と来たることあり

上履きに履きかへ入る美術館モーツァルトのかすかに聴こゆ

風わたる水面の襞を見つつ語るルオーの版画展ミゼレーレ

老いたりと身を憂ひつつ朝ごとに忘れて残る思ひ出は何

カラザ

黄身を吊るカラザかそけし手のひらをくぼめて春の陽にかざし見る

けふは良き天気洗濯日和だとやや疲れたる電話のこゑは

みぎひだり足の交互に出づることよろこび歩くデコポンを提げ

柄杓星かがよふなつ白梅の花のまばらに咲く明けの空

そろりそろりと夜の廊下をトイレまでからだをはこびもどる足音

五分ほど降りし淡雪はかなきにイラク増派のニュース伝はる

憂ひより怒りこころに兆すとき有らぬかたよりくしやみは聞こゆ

地下鉄の電車走るに群鶏のいつせいに鳴く声は聴こえて

防護服まとひ消毒する人ら宇宙飛行士歩くにも似て

自動改札抜けむとしたる時の間を姫沙羅のはな風に散りたり

見え難く侵蝕さるることなきや鳥のインフルエンザのやうに

かげを曳くペットボトルの透明が朝の陽に立つ二十センチほど

思ひ出のなごりのごとく爪楊枝いつぽん銜へ林檎ひときれ

霜の朝女《め》の刃と男《を》の刃すれちがひ思ひ出のわがベルベット裁つ

黒き揚羽

郭公のこゑ風除けを移り行くフレンチトースト焼く夏の朝

丘ありき起伏ありけり整地され隣りの集落《むら》の家並も見ゆ

かなかなの鳴く森に入り行きなづむ父のなづきの小暗き迷路

母の靴いづこ何処と小半日ひきだしを開けひきだしを閉め

独り居にならむとするを置きて帰る梅雨の夜明けに鋭き雉の声

今頃はヘルパーさんに告げてゐむ軒の燕のこと言ひゐしが

ああ風とおもふつかのま舗装路の罅に吹かるる草穂のかげが

柚子の木にけさ羽化したる揚羽蝶燃え殻のごとく屋根を越え行く

ひそやかに人はたたずみわれも黙し見てをり黒き揚羽のゆくへ

陽射し濃き昼の路上をひとすぢの白髪を曳き蟷螂歩く

しやうもないしかたがないと日の没りて未だあかるき空のさざなみ

余呉のみづうみ

賤ヶ岳越えて風景かはりたり北陸本線余呉にいたりぬ

なにゆゑと問はずひととき旅をするコスモスそよぐはごろもの村

山あひの里にみづうみひそかなり秋の傾く陽射しを満たし

心象の暗がり映し視るなかれ余呉のみづうみさざなみ寄せる

湖《うみ》を背に写真を撮られふと思ふ魂かとぞ見し式部のほたる

秋野菜直売の旗立つ門辺ここにも日日の暮らしのありて

人界を去らむと天女泣きにけむ　真白き鴫が田を歩みをり

風花と見紛ふあはきはなびらの桜まばらに咲く湖の岸

海のひかりに

意思つよく育みきたる愛ならむ共にと語り合ふを肯ふ

よろこびを託し緋色のスカーフを持ちて訪ひたる日をおもひ出づ

籠に盛る花のシャワーを髪に肩に撒きて息子とむすめを祝ふ

ウェディングヴェールをそつと抱く手よ南の島の海のひかりに

穏やかに胸に満ちくる想ひあり砂にきらめく貝を拾ひぬ

あんずジャム

指ほどの菩薩つどひて語らずや白きひかりをともす茶の花

雨戸繰る音をちこちにひびきつつ丹沢の背にけふの陽しづむ

吹きこぼれさうにふくふく湯気をたてすずなすずしろ七草の粥

雉鳩のこゑのしばしば啼きて止み雪降りさうな月曜の朝

子どもらの出でて行きたるわが家のあはき日溜り父が来てゐる

笑ひあふこと稀なれどへんだねとなにかをかしく笑ひあひたり

凍て星の空よりこぼれ来しごとし雪の路上に松毬ひとつ

目が痛い腰が痛いと聞こえきて風寒き日の耳は疲れて

きついこと言ひたるわれをふと悔やむ父が白湯にて薬飲むとき

温湿布貼らむとするに手を添へて歳月甚だ過ぎしと気づく

あんずジャム食べ終へ透かしみる瓶の光のなかに黄のミモザ咲く

ストレッチしつつバス待つ老い人の憂ひあふこゑ道を渡り来

静かにと犬を叱ればそろへたる前脚に頤を伸べて寝ねたり

あたらしき広辞苑提げ帰る道たたずみて枇杷の木の花見上ぐ

しぐれ降る月

柿の木に柿の実が熟れ魔のわらふ十一月はしぐれ降る月

老い人の痛みをおもふリハビリを終へて出で来る父を待ちつつ

立ち止まり散るけやきの葉ながめをり初めて杖を突きたる父が

しぐれだわ　然うしぐれだね　山茶花の垣に路上に草のもみぢに

雨つぶのひかりはわづか一、二ミリ無数の球がもみぢを濡らす

腕を組みささへるやうに寄り添へばありがたう足が軽いやうだと

海まではたぶんこのまま行かれない描けず愛しむ海の絵ならむ

やはらかな饂飩がうまい風に浮く雲がたのしい小春日のけふ

街路樹のかへで日毎にいりあひの陽を汲みあげて霜月なかば

夜汽車行く音の遙けく聞こえをりきをさなかりけり五十年むかし

ゆう子のゆうは自由の由と父言へりもつと自由に生きよと言へり

椅子の背にもたれテレビを聞くらしき眠れるやうに覚めゐるやうに

塞きあへぬ感情うらと泣くごとしわがこゝろなれど聞きて驚く

お父さんしつかりしてと声に出づ父は重くて抱き起こせず

虹たてば

雪舞ふと見るにはなびらとめどなし混濁したる時間の渦は

ひそやかにさやり鳴りしかおとうとの胸に抱かれて父の骨壺

おぢいちやんと切に悲しみいとほしみ姪の奏づるオーボエ「家路」

お帰りと出でくる父はもはや居ず床の間の眼鏡がわれを見てゐる

白き木槿今年も咲きて使ふことなかりしノート履かざりし靴

冗談ではないわよ。死んでしまつたといまごろ父も驚きてゐむ

杖突くを厭ひし日あり虹たてば父のやさしき笑顔をおもふ

けふわれはぺんぺん草の風のさやミミズ啌へてすずめが通る

II

浅葱の空

月面のかなたに昇りくる地球テレビに見たる年の過ぎゆく

つきかげに紙風船の群れて舞ふ夢なりにしか醒めておもへば

家内安全　無病息災　はつはるの護摩木に記し両手をあはす

暁の雨みぞれにかはりつぎつぎにしろき雫の垂れつつ透ける

神すらや恋ひ乱れけると前登志夫かなしき歌をうたひたまへり

ななくさの二日後のけふ東京にはつゆきしばし降りて消えたり

ゆふぐれの地上がほつと口を開くわが登りゆく階段の先

山茶花の終りの花の散りてをりはなびらしろく歩道に沿ひて

悼　森岡　貞香

をみな古りてと嗟きしこゑの聴こえずや街路樹の上に金星寒し

たましひをひそかにはこぶ舟のかげ在らざるかげを風は顕たせて

さよならとふるてのひらのやはらかさ浅葱の空に雲とどまらず

また逢へる日のあるやうに人は逝きひかりにしづみゆく昼の月

ひとひらの夕日をまとひ届きたり芹の香あはき寒中見舞ひ

こゑの緩急

さよならは優しきことば雨の日の樹に立ちどまる耳にともりぬ

をさな児のねがひをおもふ雫する葉群に枇杷の熟るる水無月

母の味作りましたと白和へをもてなされたり施餓鬼供養に

盂蘭盆はullambana　ひととひと支へて人の在るを説かるる

法事終へバスの窓より見てとほる梅雨の晴れ間の姫沙羅の花

鯉泳ぐ池に夏空映りをりこの世にふたりゐるわれならず

視野掠め木槿かしろし三車線二車線になる風の路肩に

路面より薄く捲れて立ちあがる「止まれ」と塗られたる「れ」の部分

自転車を漕ぐごとく鳴く熊蟬のこゑの緩急　月昇りたり

揺り椅子

梅の実を捥ぎて洗ひぬ父の亡き時間が木にも佇みてをり

いもうとを誘ふささそはぬひとときの思考の揺れはたのしきに似て

竹橋の美術館出で濛のみづとろりと澱む午後の陽にあふ

月と大地　ヒナとテファァトゥ　地下鉄に眼を閉ぢおもふゴーギャンの絵を

ゆふかげにみんみん蟬の鳴きいでぬレンガの壁の二階の窓辺

書き終へて胸あたたかしいちまいのはがきやうやく投函したり

こもごもに坐りてむかし雲を見しロッキングチェア何処行きけむ

ひとり居になりたる夏の明け暮れに枯れつつかたちたもつ紫陽花

吉野、西行庵

杉樹林生ひたつ山の道を来て西行庵にたどり着きたり

木洩れ日は天のほほゑみ　明るみて紅葉わづかに散り残りをり

身の寒く醒めゐて夜更け聴きにけむ峪に木の葉の降りつもる音

小春日に寧《やす》らぐ今を謝するときひと葉ひと葉に朱儒乗りて散る

夕かげに落葉はなやぐ下り坂足に足裏ありてさびしき

脚をかかへ鳥も砂嚢をもちて飛ぶ　こころ言葉に溺るるなかれ

ゆめちがへくわんおん雨師観音の立ち坐しける尾根道何処

たそがれの空にさやさや木木の葉のハルカヤサヤノささめきうたふ

歩み来て秋のみくまり罔象女《みづはのめ》鎮まる杜に両手を合はす

足音は夢のなぎさを走り来て　ど、ど、ど、ど、走り去りたり

日のひかり織く照らして月渉るふかき吉野の冬ちかき空

金峯山寺の円柱太き蔵王堂香のけむりにわが身を浄む

願ひつつ白湯を注げばいちりんのさくら仄かに花ひらきたる

手足伸べ雨降る夜の前登志夫はるけき川になりたまひたり

やはらかく胸にかなしむ歌いくつ下市口を電車過ぎつつ

穂すすきの穂波まぶしも国原へトンネルの濃き暗がりを抜け

壺坂山の駅のホームの傍に垂れほつほつあかき烏瓜の実

河川敷ひろくたたへて吉野川白緑のみづ嫋やかに照る

車窓より見えゐてたのし柿の木の梢にぎはふ一和《いつくわ》の実り

花柚子

猿　コアラ　象も眠れる森のうへ歳の夜おほき満月昇る

白梅のいちりんにりん団欒の笑ひにほつと灯ることばは

読書用眼鏡せしまま立ちてきて鰺のひらきを背にかへし焼く

惑ひゐる甘さぴしりと打たれ読む清水房雄氏「人生の真」の歌

パンジーのはなびらに触れ降る雪の滅びつついま時間はなやぐ

壁面の大き看板のイチローに向きて止まれり電車の窓は

停車する窓よりしばし見てゐたり髯の剃りあと濃き頬なども

花柚子の採られざる実を濡らし降る節分ちかき朝のみづゆき

謎のごとしも

しくしくにかなしき春の旬日をこころの杖になりてことばは

多摩川を渡る電車の窓に見ゆ黄砂にけむる多摩の横山

春秋の陽にゆるやかに廻りゐし観覧車無し尾根道の空

雨粒のひとつひとつが輪をゑがく轍のあとに溜まりたる水

足音もこゑも静けしいつしかに老い人の棲む街になりをり

思ひ出を捨つるならねど過ぎし日の花瓶、人形、ティーカップ捨つ

夕暮れのテレビに見たり七歳の少女の母の宇宙飛行士

偶然は謎のごとしも　赤彦とリルケはけだし同時代の人

水の暗がり

ふるさとの闇に屈めばわづか爆ぜぽとりと線香花火が落ちる

祭壇のととのへらるるまでの間を池眺めよと誘なはれたり

問はむことしばらく措きて池を見るひかりたゆたふ水の暗がり

父逝きて迎ふる盆に位牌より位牌へ魂の入れ替へられぬ

草を刈る機械の音の止みし間を急くごとく鳴くつくつくぼふし

停車して窓越しにふと見つめあふ向かひのホームの壁の鏡と

乱れたる髪を手櫛に梳きてをり遠く小さく鏡のひとは

葉の影の揺れゐるところ切れ端のキウイの皮が蟻に引かるる

風に秋桜

やまなみの影がつきくる送り火のあかり揺らさぬやうに歩むに

とぶ螢ゆふがほの花つどふ声すでに在らざるふるさとの盆

耐ふるときガラスの瓶も辛からむ容れし麦茶に柿の木のかげ

河野裕子逝きぬと聞きて眩みたり鳩尾にぐつと悲しみは来る

瞑り見る森の木洩れ日　ええええと頷くといふ歌のさびしさ

シンポジウムの後なりにしか手のひらに蜜柑をそつとのせてくれにき

追憶のたゆたふみづのゆふやみにかなかな蟬の木霊が走る

ひさしぶりなつかしいわと声ともる一分はとてもながき時の間

おもひつつおもひみ難きことのあり風に秋桜咲いてゐますか

十六夜の月は居待の月になりあかときちかき夏の西空

白菊の鶴

ことおほき十月なりき白き菊黄菊コスモス花のあふれて

かぎりある時間止まらず環八を砧二丁目髪乱しゆく

エレクトーンの奏づる「昴」二十年前の遺影の人を悲しむ

わが知らぬ夫を知る人みづからに厳しきゆゑに苦しかりけむ

み柩はこの世の沖をゆく舟か　寒しこよひは十三夜月

もみぢ散る木の間歩めばおもはるる妻を悲しむ文明のうた

しろじろとつばさをひろげ菊花展に一羽の鶴が雨に濡れをり

風　星

小田急線の黒川駅を発車して窓の向かうに雪嶺の富士

コンビニの明かり過るに影なくておもひに浮かぶ宿存萼が

除夜の鐘聞きゐたりしかおぼおぼと花をともしてこの枇杷の木も

セーターのひなたの匂ひふとかへる雲のきれまの夜半の蒼空

白拍子ととんと打ちし足の音、北へひとすぢ星流れたり

風星とたれか呼びける星いづこ寒の夜の粥身にあたたかし

仰と凝視めて

春めきて雲照りゐたり犬のこゑ聞こえ立たむとしたるその時

三月十一日

横揺れに揺れて時の間縋りゐる柱が揺れる地面が揺れる

屈まむとして屈み得ず縋りつつ見るなかぞらを鳥かげ急ぐ

ふと付けしテレビに漁港気仙沼　仰と凝視《みつ》めて言葉の出でず

家を呑み橋を車を街を呑み嗚呼《ああ》すべもなく津波が奔る

疾くはやく逃れ助かり生きて欲し祈るほかなく指組み祈る

避難して逃げて逃げてと若きこゑ防災無線呼びかけつづく

屋根の上の漁船衣服の裂あまた眠らむとするに眼にひしめきて

他者の身の痛みわが身に負ひ難しされど詠へど無力なれども

蠟燭を捜しつつ戸を開け閉めていつしか握りゐたり喉飴

放送の語尾聞き取れずこだまして断水報じられてゐるらし

片方の靴　洗濯機　ドア　写真　緋のランドセル　今朝雪が降る

花だより近き日日なりみづからにエアコン使ふことを禁ずる

葉の陰に

シーベルト　ミリシーベルト　夕空にはなびらおもく崩れむとする

ほととぎす啼き移りゆく梅雨空に泰山木のおほき白花

見つつゐて気づかざりけり隣り家の庭に胡瓜のはな咲きてをり

鋭きこゑの一羽と見れば見えがたく一羽ゐるらし呼びかはしをり

日の没りて残る夕空ごはんよと子らを呼びあふこゑも聞こえず

パラソルの濃きかげを曳き過ぎゆけり壊れさうなるこころの人か

大津波引きたる後に母ありと愛《かな》しき母を人は語りぬ

せんせんと蟬鳴くゆふべほの暗き窓のひかりにトマトを洗ふ

子午線の街

瀬戸内の海原あをし人麻呂の鄙の長地《ながち》の歌のおもほゆ

海阪をとほくちかづく船のかげ寄せくる波の海面きらめく

子午線の塔をたづねてゆく道に柳糸そよがす風と逢ひたり

秋空に立つ時計塔見上げゆく明石人丸二丁目の坂

「子午線の祀り」第五次公演を観たりし冬の日を思ひ出づ

天球の遙けき天の北極を宇野重吉のこゑは語りぬ

潤へるこゑやはらかきナレーションなれどこの世に亡き人のこゑ

言の葉の精霊ならむ波の穂に立ちし山本安英の影身《かげみ》

須磨浦の空ゆふばえて一の谷鉄拐山の暗くしづもる

敦盛と熊谷直実これまでと見し海とほく沖へ風吹く

海凪ぎて砂浜を行く人と犬午前六時の須磨の朝焼け

自づからつどふ人はも松毬の散りぼふ浜に体操をする

吹かぬ笛聴きし芭蕉よ睡蓮のつぼみかそけき須磨寺に来ぬ

須磨寺や吹かぬ笛聴く木下闇　芭蕉

春のスロープ

ゆるやかに芯柱《ばしら》巻く空中のスロープ、会話しづかに歩く

曇天のあはきひかりが回廊のガラスの壁を透かし入りくる

横たふは駒形橋か河口よりちかづく船の航跡しろし

隅田川荒川のみづあふ海の彼方にかすむディズニーランド

マラソンの中継ならむ機体照りホバリングするヘリコプターは

ほろほろ鳥の胸のから揚げ褒めあひてむすめと息子の母なるわれら

山朱萸の花咲きゐたり待つことのありてひそかにこころ慎む

風の道

どつと花あふれてしばし行き暮るる桜の空に風の道あり

うたへぬは歌に捨てられたることと詠みしうたびとこゑほのかなり

金星と月と木星ひとつらに冴ゆるにおもふ安永蕗子

冬鳥の群れ麗しき湖ならめ母のごとくとうたひたまへり

藍月を捜すに空の藍ふかし在りつつ今宵つきかげ見えず

何処よりかへる木霊かこれの世を瞠るひとみの澄みゐるさくら

霧の音聞きたる日あり高千穂を阿蘇へと走るドライブインに

汗にじみ棚の整理をするわれを阿呆阿呆と空ゆく鴉

身を屈め犬を引き寄せ遣り過ごす雷鳴みたび俄かなるとき

たらたるたれたりの活用言ひてみよ正しく言へとマロニエの風

見むとする欲つたへむとする欲をおそれつつ見るテレビの像を

突如鳴呼屋根を木を窓ベランダを灯を竜巻は奪ひ去りたり

バスタオル空に舞ふ昼　日常は反転したり幻想よりも

黄ばみたる紙を捨てむと手に破る歌反古ふるきメモのたぐひを

すひかづら香る五月と書きはじめ出しそびれたる葉書出できぬ

醒めぎはとおもひみてをり亡きひとの障子を開けて夢に入り来る

ひとところフェンスの網目照り出でて午後五時半を告げるチャイムは

空に鳴る鈴

みづうみのさざなみ寄するみづのうへ精霊送る明かりのともる

風青くわたる夏空縄文のとほきむかしのをみなも見しや

黄昏れて落葉松の秀《ほ》をわたる風こんこんと湧く湯に浸り見る

涼やかに空に鈴の音聴こえずや人に生れしは罪あるごとく

盂蘭盆の過ぎて暑しも花筒に供花のりんだう枯れて立ちゐる

一冊の歌集を残し逝きし人キリスト者なりしこと知らざりき

緬羊の毛を刈りつむぎ編みし手よとしつきを経て碧落謐《しづ》か

手をつなぎ皆帰らうとチャイム鳴る父母の亡きふるさとの夏

母の足こんなに小さかりしかと古りし長靴捨てむか迷ふ

イーゼルのしくしく泣くも奇妙なり稜線暮れて十二夜の月

悲しみを食べる悔しさ、目を凝らし見て荒涼をわが悲しまずこの夏に遇ひ得たることよろこびとなりつつ奥村土牛の「南瓜」

小倉遊亀「夏の壺花」やさしくて媚びず飾らず花立つ頸さ

あ、雨と見る陽の空に雲迅し八月尽日みたびの驟雨

通学路なりにける道いせみやの森を抜ければ八ヶ岳見ゆ

ゆふやみに草を焚く火の丈低し稲穂の稔るをちこちの畦

白きいちりん

歌会より帰り来て聞く電話にて成瀬さん昨日逝去されしと

ゆくりなく遇ひしことあり目白駅の喫茶店より出で来し君に

マーカーの数値あがるを告げて去る成瀬有　冬の街路樹の道

濃き眉の笑顔のやあと言ひさうな成瀬有悼む霜月朝霞

白鳥のつばさおもほえいちりんの真白き蘭の花を供へぬ

草藤のあはきむらさき荒草にまぎれず紋白蝶翅を閉づ

縄跳びの縄をまはして跳ぶ少女しばしばも浮く地球の地より

いづくへか遠空を漕ぐ櫂の音これの世に亡きひとと聴きをり

ふぶき

凍て雪をおほふ粉雪　不毛にはあらねど　こころ　地吹雪に　吹
き曝され　吹きちぎられて　雪に閉ざさる　亡き人か　亡しとお
もへず　足裏にさやるを畏る　ふるふると　降り吹き乱れ　群れ
走る時間の此岸　あかときを村に雪降る　セシウムか　PM2.5か
地ふぶきにきらめく粒子　ああと鳴き騒ぎて鴉　あああああ　あ
時　ところ　見えずなりけり　知り人に　消て知らざれば　おも

かげに　語るたれかれ　川の辺の　小さき祠　くらぐらと立ち笑
む菩薩　繭玉の　供へられゐて　ほのぼのと　受け継がれをり
顔被ふ左右のてのひら　汝は吾か　吾は誰彼　くちびるを装ふこ
となし　亡き人か　亡しとおもへず　攫はれてゆくへ知れざり
あああ　あ　冬鴉　吃音に鳴く　御稲荷の社の木叢　風除けの
森の遠空　さざめきて　言葉生れ来よ　遣り処なき怒り鎮めよ
かなしみの仄暗き繭　デジタルにならざれこころ　アナログの鋭
き夕ごころ　雪原を地ふぶき走る

反歌

降りつもり雪降りつもり煌めきて今朝クラインの壺になる村

達磨ゐる絵に表裏あり白隠はメービウスより百年むかし

大寒の凍る夕日に頤を伸べ犬は人よりさみしからむか

胃に腸にぐぐぐとしづむ感情の泣きつつ眼より涙の出でず

小正月あけたる朝に墓処まで誰か雪掻きしてくれてあり

身に直に善

雪降ると聞こえてあふぐ颪の空無数無尽にからまつもみぢ

やまびこと蕎麦をたづさへ逢ひに行く小春日ぬくき高速道路

からす川渡り近づく陽の街に咲きのこりゐる朝顔あはし

カーテンに木洩れ日は揺れみどりごの頬に産毛のかすかに光る

ぎこちなく祖母と呼ばれて祖母われは秋に生れたるみどりごを抱く

あかね雲抱きとるやうに腕に抱く起こさぬやうにそうつと胸に

うろこより小さき爪ありやはらかく指ひらくとき手のひらに逢ふ

さいじやうの善と茂吉の詠みし歌こころに沁みて身に直《ぢか》に善

天の川皓きをあふぐ　生まれし児と生まれくる児の鼓動を想ひ

里山のもみぢ明るし帰り来て見る写メールにみどりご眠る

身を濡らし時雨過ぎたり山の音澄みて幹立つからまつ林

武蔵野は欅さざめく青空に皇帝ダリア咲きゐる頃か

里山の秋のかなたの槍、穂高、山のもみぢの木霊がうたふ

暮れ初めてものおと深し今を散るもみぢ、歩めば乾反り葉の鳴る

桜はなびら

信濃より帰りきて逢ふ春やよひ花の木下に道つづきをり

をさな名に吾を呼びくれしちちははの友逝きたまふ会へざりしまま

電話にて励ましくれし折をりに日にちぐすりと言ひたまひたり

歳月の過ぎゐてやさし　乳母車押し歩みたる春の日のこと

行くみづの右岸と左岸咲き満ちてつぎつぎに花を解かれはなびら

口に手をやうやくはこぶみどりごは風にはなびら散りきて笑ふ

たつぷりと桜の疎水容れて撮るバギー押し来る母とみどりご

何処にか時計を抱く樹のあらむ振子しづかに空に揺れゐる

近ぢかと声をあげあふみどりごはみどりごの手にさはらむとする

陽の匂ひ乳の香りの甘酢ゆきみどりご二人こもごもに抱く

身を反らしむづかり泣くは眠きとき唄ひあやして揺り籠になる

すずめ来てまた一羽来て雨後の朝みづ浴びゐたり春のひかりに

コンサート聴きに行くのは久しぶり少し書店に寄り道をせむ

ひそやかに奏者をつつむ気配ありふかきしじまにピアノ鳴り出づ

暑中のはがき

黙禱の八月の朝ぢりぢりと蟬の鳴くこゑ身に入りてくる

言葉にはあらはし得ぬと言ふ人よ　生ひ茂る草　ゐのししの群

路地野菜提げて帰ればもつと気を張れと暑中のはがき来てをり

ゆらゆらとただよふ夢の薄闇にザッと落ちたり窓辺のすだれ

薄雲のゆく朝空にホィットスイホィットスーィ蟬が笛吹く

帚木の里

阿智川の水ゆく岸に咲きのこる朝顔あはし霧雨に濡れ

阿智神社前宮ながき石の階登り来てあふ深き静寂《しじま》に

幣きよく注連結はれをり杉生ふる霧のしじまに拍手を打つ

森閑と木洩れ日は揺れ奥宮の神楽殿ただに方形の石

霧雨の晴れし園原　とほき日にたづねまほしきと唄ひしところ

たづねまほしき園原や……「信濃の国」の歌詞

東山道神坂《みさか》峠へつづく道くぬぎかそけくもみぢしてをり

木木の葉のしじに散り敷く杣道にははき木繁るまぼろし仰ぐ

亡霊のごとしも根もと二間ほど立ちつつ枯るるおほき帚木

台風にふとき幹裂け立ち枯るる根よりみどりの若木萌えをり

旅びとの苦しき声も聴きにけむ耳の在り処のおぼろなる木は

旅を行く人より人につたへられ紫式部もつたへ聞きしか

千年の時のかなたをかへりくる木霊聴こゆるごとく帚木

見ずおもふ水面の秋のゆふひかり鏡池には寄らず過ぎ来つ

阿智の邑《むら》山たたなはる昼神の向かうは木曽路つきかげ渉る

あとがき

本歌集には、前歌集『藍歌』の後の、二〇〇四年から二〇一四年初春までの作品四八三首と長歌一首を、ほぼ制作順に構成して収めました。私の五十代半ばから六十代の半ばに至る時期になります。多くは同人誌「滄」に発表した作品ですが、総合誌、十月会などに発表した作品もいくぶん加えました。

顧みると、社会の変化が激しく、自然災害やテロの脅威など不穏な十年だったように思います。その状況は現在も緊張感が増しています。以前から私は日々の暮らしを丁寧に生きたいと願いながら過ごしていましたが、東日本大震災の後には、その思いを一層強く持つようになりました。

思えばふるさとの信濃との間を往還することの多い歳月でした。母亡き後に独り居になり老いた父と、しばらく生活することができたことを有り難く思います。また、長男と次男がそれぞれに伴侶に逢い、家庭を持ち、子どもを授かったことが、最良の喜びでした。幼い子たちの健やかな成長を願うことと共に、未来の社会が平和であり続けてほしいと祈ります。

歌集名の『しぐれ月』は十月の古名です。そして、「しぐれだわ　然うしぐれだね　山茶花の垣に路上に草のもみぢに」に拠ります。

言葉が逸るのを抑え、日常を見つめ直そうとした歳月でしたが、故郷との往還を通して、近代性の纏う重さの良否を感じることもありました。

短歌の基は文語定型だと思います。歌の受けつがれてきた想いの調べ、韻律を大切にしたいと考えていますが、大きな揺れのズレの隙間からふと聴こえる声のようにも、郷愁に映る雲のようにも、何気なく交わした会話の言葉が温かく優しく胸に浮かぶことがあり、歌集名にしました。前歌集『藍歌』の後長い時が過ぎ、躊躇っていましたが、夫の二十三回忌の法要を済ませ、歌集をまとめようと考えるようになりました。

この集を編むに際して「滄」短歌会代表の沢口芙美氏、顧問の中井昌一氏をはじめ同人の皆様、十月会の皆様、お名前は挙げませんが短歌の友人の皆様に心より感謝申し上げます。歌会をし批評し合える場があり、仲間や友人と短歌を語り合えることの幸いを思います。そして家族にも心から感謝しています。
歌集のご相談をしてから長い間待ってくださり、濃やかな配慮をしていただきました砂子屋書房の田村雅之氏、装幀の倉本修氏に心よりお礼を申し上げます。

牛山ゆう子

二〇一七年　木犀の香る日に

著者略歴

牛山ゆう子

一九四九年生。（本姓篠原）

歌集

一九七九年『魚の耳』

一九八六年『みづこだま』

一九九六年『コスモスの尾根』

二〇〇二年『藍歌』

日本文藝家協会会員、現代歌人協会会員、十月会会員、等

「滄」短歌会 編集同人

現住所　東京都日野市平山三—三五—一〇（〒一九一—〇〇四三）

歌集　しぐれ月

二〇一七年一二月一日初版発行

著　者　牛山ゆう子

発行者　田村雅之

発行所　砂子屋書房

東京都千代田区内神田三—四—七（〒一〇一—〇〇四七）

電話　〇三—三二五六—四七〇八　振替　〇〇一三〇—二—九七六三一

URL http://www.sunagoya.com

組　版　はあどわあく

印　刷　長野印刷商工株式会社

製　本　渋谷文泉閣